16	3	2	13
5	10	11	8
9	6	7	12
4	15	14	1

Guilherme Gontijo Flores

CARVÃO :: CAPIM

editora 34

EDITORA 34

Editora 34 Ltda.
Rua Hungria, 592 Jardim Europa CEP 01455-000
São Paulo - SP Brasil Tel/Fax (11) 3811-6777 www.editora34.com.br

Copyright © Editora 34 Ltda., 2018
carvão :: capim © Guilherme Gontijo Flores, 2018

A FOTOCÓPIA DE QUALQUER FOLHA DESTE LIVRO É ILEGAL E CONFIGURA UMA
APROPRIAÇÃO INDEVIDA DOS DIREITOS INTELECTUAIS E PATRIMONIAIS DO AUTOR.

Imagem da capa:
Soldados revistam passageiros de um ônibus
na Carretera del Norte em El Salvador, em 1980
© Susan Meiselas/Magnum Photos

Capa, projeto gráfico e editoração eletrônica:
Bracher & Malta Produção Gráfica

Revisão:
Cide Piquet

1ª Edição - 2018

CIP - Brasil. Catalogação-na-Fonte
(Sindicato Nacional dos Editores de Livros, RJ, Brasil)

Flores, Guilherme Gontijo, 1984
F339c   carvão :: capim / Guilherme Gontijo
Flores — São Paulo: Editora 34, 2018
(1ª Edição).
88 p.

ISBN 978-85-7326-703-7

1. Poesia brasileira contemporânea.
I. Título.

CDD - 869.1B

CARVÃO :: CAPIM

Petrografia esparsa	11
História dos animais	29
Sator/Rotas	44
Quatro cantatas fúnebres	47
Lo ferm voler	59
Índice dos poemas	82
Sobre o autor	85

CARVÃO :: CAPIM

cortar o mundo
com uma lâmina de beleza

(Tal Nitzán)

ajswakre kãm iwê kupē, tã, wa ajamã ikapērē
ajamã ikapērē kãm ihwiasám, amã ikapērē
neste lugar, sou índio e outro, mas falo pra vocês
falo pra vocês envergonhado, falo pra vocês

(Petxi Kĩsêdjê)

PETROGRAFIA ESPARSA

Ἡ πόλις θὰ σὲ ἀκολουθεῖ
A cidade há de seguir-te
(Konstantinos Kaváfis)

E ele deixou quem berrava
queimar em vão e sem combate serem cinzas
enquanto o sol imerge e a noite roda o dia

Assim sem chance de causar mais morte
aos poucos passa a ira as mentes se arrefecem
tal como um peito ferido é mais feroz
quando é recente o golpe a dor e o sangue ainda entrega
aos membros movimento e os ossos não repuxam
a pele — mas quando a mão estanca então
o torpor ata as mentes os membros e retira as forças
depois que o sangue frio aperta nas feridas

Sedentos primeiro procuram por fontes secretas
cavando terras ribeiras subterrâneas
perfuram chão com enxadas ancinhos
com suas armas e o poço escavado no monte
desce ao profundo dos campos irrigados

Mas nem no curso oculto os rios ressoam
nada reflui das pedras abatidas
nas rochas nem orvalho se destila
nem veio emana dos cascalhos
jovens exaustos de suor
são retirados dessas minas
na busca pela água fez-se o calor
intolerável e os corpos fatigados

não se bastam de alimento e abandonando
as mesas assentam sua fome — se um trecho
do chão oferta um solo que se encharque
espremem sob a mão o sumo do charco
se encontram pelos cantos o preto dum limo
soldados se matam por goles e moribundos
matam a sede como vivos não fariam feito feras
secam o gado e quando o leite acaba chupam
da teta exausta a borra do sangue então esmagam
ervas caules colhem ramos orvalhados
e apertam toda a seiva dos brotos
até a medula — felizes são os corpos
daqueles mortos pelos inimigos
que infectam águas de outros rios
enquanto expõem ao dia o pus *dixit Lucanus*
que beberão homens de César

O fogo abrasa os órgãos a boca seca
a língua escama-se áspera e enrijecida
as veias mirram o pulmão ressequido
encerra seus canais suspiros duros
escavam mais os seus palatos a boca
se arreganha a sorver o sereno da noite

                    esperam chuvas

que corram onde antes nadavam
o olhar se fixa na secura das nuvens
sedento o exército contempla
ali tão perto os próprios rios

NOMES DE PEDRA

1.

Encravada na terra
essa flor de rosácea
junto à estrada
ferida arrancada
da pele da mata
escavada no olho
cansado pedreira
talvez deserta

2.

A fratura inexposta
    e controlada
o punho dolorido
e do lado de dentro
    (essa invenção
quase indeterminável)
    nada acabado

ainda a alma
— particípio —
engessada

3.

Atento — andamos
sobre o teto dos mortos
pela flor do ipê

p/ Tarso de Melo

Alambicado do suor dos dias
passar na mesma rua
    e sempre
mesma rua a mesma
como se passa a cada dia
na indiferença
dos dias que passam
e a rua sempre-mosaico
entre um lampejo de carros
coro de cores por destilar

e repetir
    até brotar nos olhos
por mágica do asfalto
uma placa
um prédio inteiro nascido
empoeirado pelo tédio

Serão aquelas as crianças
de corridas à toa
por entre o gelo matinal?

agora tudo está na mais
profunda paz

o gelo desce sobre as torres
o gelo pousa sobre os olhos

agora tudo segue o mais
inútil branco
as rosas seguem brancas
os olhos seguem brancos
as mesmas fotos
onde dois velhos persistem
respirando do urânio
encerram os portões do mundo
pelo próximo milênio

    (um turista conquista
    entrada do parque
    esvaziado entre árvores)

o musgo cobre os muros
o interior das vidas
tudo intensa

aniquilantemente
branco

serão aquelas as crianças
delírio-sorridentes
serão os seus sorvetes
caindo como pétalas
por entre as ruas
de pripyat?

Talvez como um salário da loucura
ou das tamanhas solidões
que calharam de caber
nesta noite o sol
vem soluçando aos nossos copos
      ouro no ouro
enquanto ainda restam
dedos braços alçados goela
perdura uma ânsia
por nada esta escuma

Pra que lado isso poderia não ser uma
talvez pergunta? feito afirmar-se faca cega
como quem segue seu destino numa via de mão única

como amar seria correr sem descanso
todas as linhas de metrô pulando por todo o dia à noite
escondido nalgum vagão
fincar-se numa cabine qualquer por anos a fio
(quem sabe horas) a metros e metros
de uma possível química solar
a pele se descora & se descola aos poucos
da sua ossada a coluna arqueando
os pés tirados pra balanço
os olhos revirados crânio adentro

na esperança de encontrá-la
eldorado concretada
sob os escombros do trianon

SOLO

1.

Prado cerrado soterra não tem corpo
a grama cresce em fúria
nos edifícios que ensaiamos
em construir nos edifícios
que preparamos por embasar
sobre edifícios que sonhamos
em erigir para edifícios
que agora tombam

erguido ao céu num rito
alegre das miradas
o AR-15 entoa
e sob a cena os pés
acenam as passadas
um garoto acontece
de beijar o céu
excuse me while
a cena acaba

2.

Prata encerrada sob a terra não tem cor
a frase é velha vale pouco
perante a cara

que aparece nos jornais
velhacos das agendas
nacionais perante os pastos
que ensaiamos em sonhar

o ouro é preto e explode céu acima
nas gargantas metálicas das mídias
são hoje cento e quantos corpos
correntes nas esquinas
são toneladas de lama
a mesma sobre os rios
águas do rio ninguém bebe mais

3.

Uma menina atravessa a esquina
e se concentra enquanto zunem
centigramas de chumbo
asfalto acima rumo a tudo
que ela ainda considera
chamar de terra

são clichês poesia será parca
sob a cena chumbo sem número
dos dias será fraca
diante dos instantes
metralhados nas câmeras será nula
nas feridas dos que expiram
sem sentido

4.

A contagem dos corpos segue cega
na foz na fonte e nos estanques
alguém sussurra nomes como
senegal ou beirute ou meros nomes
alguém contou as pilhas pela síria
alguém mal fala porque
os anônimos se amontoam
num canto os anônimos
entoam novos cânticos
numa fumaça
sobem cânticos aos drones
a morte é um mestre em toda a terra
resta o carvão dos corpos

5.

Minas não há mais
dali alguém responde minas
nunca houve
daqui alguém replica
o sangue é negro
e corre o sangue
é negro e chega
o sangue corre
e chega o sangue
chega e cantam
o mantra eterno
das religiões

quanto tempo
vai durar
meu choque
o sangue é seco
e sofre o manto
negro das religiões
o sangre é negro
e morre
no mantra seco
das religiões

6.

Alguém volta correndo
a cena é lenta
alguém volta correndo
enquanto alguém espera
a cena é mais romântica
jovens que de pretos e pobres
ainda e sempre restam
por pobres e pretos
sempre restam
mesmo que nem tão
pobres e pretos
fuzilados pela polícia
alguém volta correndo
e num enlace envolve o braço
e beija e é beijado
a propaganda é de desodorante
alguém volta correndo

e sai beijado
por ciclones e queimadas
alguém volta correndo
as mãos se tocam num sorriso

7.

Paris não é o fim do mundo
a lama explode além
e nunca pode ser a mesma
nunca entraremos na mesma terra
que sobe acesa pelo escapamento
ao raio opaco deste sol

o sol no sal
alguém viu parece
alguma sauna
estalactites no concreto
estalam sobre máquinas
de costura entrelaçando
o nome sweatshop
a loja escorre o mesmo

escolas encerradas
se ocupam por garotos
que ocupam suas tardes
em descerrar as vidas
os corpos ganham corpo
frágil parco vivo
alguém procura por capim

8.

Pasto surrado desterra não tem coro
se a lama abraça os braços
todos deste rio se este rio
teima e reteima em desaguar
no mar se nossos peixes
serenam sob as águas
um verso ainda

eu seria mulher da vida
eu corro nas entranhas do dia devagar
eu tenho filhos e não faz sentido
eu seria mulher do mundo
eu leio whitman para os desmembrados da manhã
eu cruzo serras e não faz sentido
eu seria a mulher do fim
eu canto quando a voz se arrasta
eu seria a mulher do fim do mundo
mas a voz não faz não chega à foz
a voz não traz não chega ao rés
a voz

9.

Você constata triste
que já dinamitaram
a ilha de manhattan

talvez ainda reste chão

10.

Beijamos novamente
as marcas de eldorado
achamos novamente
a terra sem mal
seguimos novamente
à terra de linchamentos

HISTÓRIA DOS ANIMAIS

É fácil ser Flor
ou
ser Capim
é fácil
ser flor
ou ser Capim
é fácil ser Flor ou ser Capim
Difícil
é Ser Flor e Ser Capim

(Arnaldo Xavier)

MIMESIS VIA HEGEL

O rouxinol naturalmente
agrada porque
ouvimos o
animal
emitir na sua
inconsciência
natural
sons que se
assemelham ao
sentimento
a imitação do humano
pela natureza

p/ Donizete Galvão

O coice do cavalo era brutal infindo
podia ser inteiro
a nossa estrada

nunca tivemos nunca
montaria no quintal
nunca tivemos um quintal

porque éramos talvez
os bichos bichos mesmos
extraviados sobre a terra

vermelha sem capim

Um alce vermelho cavalgado pela criança
exibe no lombo de plástico inflado
a possibilidade
ainda que pequena

em seu vermelho plástico
cada chifre
— um guidon para a partida imóvel —
oferta a guia do invisível

e a criança em sua carne cavalga
aquela possibilidade de instante
que se traduz em luz de riso

Mas eu comi, bebi e me banhei.
Se morro, não me importa.

(a mosca de Esopo)

Nem faz calor
enquanto um paralelo de asas
sem nome no meu cérebro
      porém catalogado
sob título latino digno
de total ignorância
— inseto aqui lhe cabe como nome —

em parafuso céu acima
até num mergulho
em caça inesperada
por uma raspa de limão

terminar cozido
numa xícara de espresso romano

Outra panela com patas
curiosa sopa de si a que se entrega o jabuti
fervido ainda vivo sem escolha
invertendo-se em vista para o céu
(na busca de algum deus igual aos seus?)
da grande boca azul que cobre a mata
Nada tem pressa
a sina até chegar no ponto
dura todo o tempo do mundo

UM ELEFANTE CHORA

eu e meu elefante
em que amo disfarçar-me

(CDA)

Pois depois de cinquenta
anos de cativeiro

eis que aquele elefante
chorou por ser liberto

as manchetes nos dizem
como que comovidas

porque agora encontraram
água nas profundezas

por baixo do petróleo
mais profundo da terra

aquilo que hoje chamo
chorar nesse elefante

só permanecerá
ou assim eu espero

só permanecerá
como irremediável

signo que segue além
da amarra do sentido

talvez por renegar
nossas aspirações

pela profundidade
assim pairar distante

por sobre as superfícies
enrugadas que agora

acinzentadas cercam
os olhos do elefante

TRÍPTICO DO ÂMBAR

sobre epigramas de Marcial

1. (4.32)

Latente reluzente
encontra-se escondida

numa pérola de âmbar
presa no próprio néctar

a abelha agora colhe
a paga do trabalho

parece preferir
poder morrer assim

2. (6.15)

A formiga vagava
sob a sombra do choupo

veio uma gota de âmbar
laçar a fina fera

assim o que seria
desprezo e vida nua

no funeral se faz
a peça mais preciosa

3. (4.59)

A víbora rasteja
pelas ramas do choupo

logo umas gotas de âmbar
fluem na forte fera

e enquanto ela se espanta
por esse orvalho espesso

enlaçada se vê
congélida em concreto

ah Cleópatra esqueça
a tua régia tumba

se a víbora detém
um túmulo mais nobre

p/ Sálvio Nienkötter

Entrevista nas frestas da mata
vírgula tombada

traça de azul um risco lento
de galho em galho

em quase voo quase salto
contra o fácil

golpe de asa
da arara

e ainda paira
o inverso na falha

gralha rara que grassa
apenas porque fracassa

O nylon enlaçado à pele
        intruso e salvação
da parte lacerada
para o cachorro já não passa
de coceira inútil
(broto de berne ou sarna sob o saco)
sem saber se lambe
o cão irremediavelmente
castrado

Um lago estanque aberta a boca
ainda dentada a morte
simples sem sentido
fora da vida fora do senso
 veja
agora pousada do teu ombro
inatento como súbito voa
desenvolta do casulo
aquela estranha mariposa

LA SCOMPARSA DELLE LUCCIOLE

São vagalumes alguém diz
contaminados na noite
vagando na boca do breu
melhor seriam
                          pirilampos
pela pirotecnia que espalham
feito faíscas
subindo da fogueira
ainda em fúria   antes da brasa
esperam seu momento
para no longe da viagem
brilharmos na mata
seu incêndio

SATOR

```
R A R E Z
A L E V E
R E V E R
E V E L A
Z E R A R
```

ROTAS

Adumbrar a excessiva
luz das coisas num recorte
que conceda ao olhar
confundir na penumbra
o sentido em deslumbre
das coisas

rascunho : contorno

assomar esse talhe
incompleto das coisas
até fundar-se imperfectum
in perfecto & interferir
no real a fundura
de sombra da escrita

contorno : rascunho

QUATRO CANTATAS FÚNEBRES

BALADA PARA ROQUE DALTON

ao saber que você
foi morto nalgum canto
pouco antes de ver
os teus quarenta anos

como que executado
bem no dia das mães
(como ardia o champanhe
bem nos olhos da esquerda!)

besta eu me perguntei
se foi pela política
ou por mera loucura
do que chamamos vida

mas vamos e venhamos
não estava nos meus planos
supor que por suporem
no teu ERP

o teu envolvimento
(e quem o suporia
lá em 75?)
com agentes da CIA

os teus salvadorenhos
te encontrarão no fogo

talvez franzindo o cenho
no seu próprio naufrágio

(a maior ironia
vai na lei dos homônimos
pra morrer em guerrilha
por um tal villalobos)

lá vão quarenta anos
nem sei se responderam
se ao menos te acertaram
pelos motivos certos

seria essa loucura
(me diga agora roque)
a mera desta vida
ou sua pedra de toque?

EMAIL NUMA GARRAFA

qnd bob kaufman chegar
numa torrente infernal de bebop&semba&suor de
[incontaveis batuques no terreiro dos secs.
o nada de uma espuma vai se abrir perante tudo
qnd bob kaufman chegar
ao meio dia esburacado das avs. a tarde morna a noite toda
ao som do coro infantil de todas as criancas trucidadas
nos milenios sob o pedal constante das metralhadoras
[em mãos de serafins
entoarao let my people go usando nuvens como altofalantes
alguma parte perdida continuara
inevitavelmente perdida
qnd bob kaufman chegar
ja terei escrito este email&posto numa garrafa previamente
[selada
soterrada pelas areias do pó dos esqueletos de tudo
qnd bob kaufman chegar
alguem se esquecera do seu relogio seu metronomo cardiaco
qnd bob kaufman chegar
o relogio naturalmente batera mais um segundo
qnd bob kaufman chegar
torres&tremores
qnd bob kaufman chegar
dunas&dunas&dunas no asfalto
sem animais que expliquem nosso caos
qnd bob kaufman chegar
tlvz ngm perceba (tlvz ele n venha)
qnd bob kaufman chegar

um carnaval por onde as carnes mesmo valem se fara
[por baixo das inundacoes
qnd bob kaufman chegar
oh o estilhaco de linguas&dentes na boca do lixo
qnd bob kaufman chegar
algns vintens atravessarao o atlantico numa jangada
[feita por ngm
qnd bob kaufman chegar
as ruinas abrirao
ah as ruinas se abrirao
as ruinas abrirao seu sorriso consagrado as matas

MANTRA POR DINALVA OLIVEIRA

Pode doer mais
que andar lado a lado

Pode doer mais
que um tiro no peito

por exemplo dar
um tiro no peito

do teu próprio amigo
que foi condenado

por um adultério
em plena guerrilha

pelo tribunal
da tua guerrilha

(pode doer mais
saber que essa história

sobre a execução
cumprida entre amigos

foi pura invenção
de ataque à guerrilha)

Pode doer mais
por exemplo andar

nesses anos todos
todo o Araguaia

sem sal sem açúcar
sabendo agora sim

o nome da fome
comendo tua carne

pouco a pouco a pouco
Pode doer mais

e vai doer mais
tal como cair

em pleno natal
nas mãos da missão

militar de guerra
em 73

e depois passar
por duas semanas

nas mãos da tortura
Pode doer mais

sempre doeu mais
por exemplo dar

o sangue das unhas
dar com a cabeça

num eletrochoque
encontrar a tua

cara num espelho
d'água mijo e merda

Pode doer sim
doer doer mais

cortes finos gotas
d'água sobre a testa

dentes arrancados
torções e pancadas

e chutes nos ossos
agora quebrados

Pode doer mais
também por mais tempo

porém pode doer
andar até a cova

tua própria cova
ao lado de algum

ex-seminarista
codinome Ivan

(segundo se disse
segundo derivo)

pra tomar um tiro
nesse mesmo peito

Pode doer mais
tal como pedir

pedir já no fim
pra morrer de frente

pra tomar um tiro
nesse mesmo peito

Pode doer mais
talvez não morrer

na hora do tiro
e ter de levar

outro na cabeça
Poder doer mais

doer noutro tempo
nos corpos distantes

de quem não encontra
um ponto pra dor

de quem nunca vai
encontrar o corpo

INVOCAÇÃO PARA ARVO PÄRT

teu corpo de geada e neve
teu corpo de geada e neve
teu corpo de geada e neve
arderá eu digo arderá

(até que morra a própria morte)

arderá de geada e neve
teu corpo de geada e neve
teu corpo de geada e neve
teu corpo de geada e neve

LO FERM VOLER

o amor nascendo enfim
como capim pros meus dentes

(Djavan)

AMORE LYMPHATO

Injustificável árvore alheia
            uniu-se com tal fúria
dobrada sobre o muro
        em seu amor alucinado
   insiste galho a galho
     que difícil seria separar
   no tráfico de frutos
seus lábios
       pousando em novas mãos
me comprimiu
      a boca por inteiro

Com o orvalho do amor nos olhos
esmaecendo cimento
arquitetado pelo acaso
rebenta verde o cárcere
borrado por um rastro
de beleza petulante
o corte delicante deste cor
que bate estanque
mais que rasgo quase baque
em cada nó-coluna do edifício
em silêncio & silício se expandindo
entre a base inda trépida no corpo
na carne abandonada da morada
como asa delirante em cor-de-borboleta

DESIDERIUM

Como quem vê no céu
que estrelas faltam
achar em cada falta
seu desejo
& assim deliberadamente
desastrá-lo

NEWS THAT STAY NEWS

Há 12.700 milhões de anos uma estrela explodiu numa autoaniquilação translucinada partida em dois rastros que então correram quase na velocidade da luz & no seu fim brilhou tanto que ofuscou toda uma galáxia mas acabou por ilustrá-la tanto que hoje astrônomos munidos dos telescópios mais inutilmente poderosos estudam nessa luz arcaica a por assim dizer infância do universo segundo especialistas enquanto eu poderia neste instante & noutra distância arriscar-me ínfimo tentar tocar a tua mão ou roubar qualquer sorriso fundando & fundindo-me no sol

THE MULTITUDINOUS SEAS INCARNADINE

Cruzemos os braços assim cruzando a rua o teu no meu
como um cordão que pisoteie as avenidas até migalhas
qual é o teu partido alguém pergunta eles não sabem nada
enquanto toma parte da situação quantos são os teus no-
mes ou são sorrisos um olho arde a noite explode na cida-
de ao fim dos rasgos teu olho arde é verde ou preto contra
um céu cinzento & sem catástrofes meu olho arde contra
o teu o olho arde é um cordão eles só sabem medo quan-
tos centavos são eles & quem são eles ou quantos somos
eles só sabem medo porque não cuidamos não cuidamos
de saber hoje eu te beijaria você tem nomes alguém per-
gunta a noite explode nas cidades causando um pânico in-
cendiário dos telejornais os braços dados não será televisio-
nada os braços dados quem vai prender as nossas garga-
lhadas os braços quem contaria as balas de borracha quem
vai prender as nossas gargalhadas os braços dados as nos-
sas gargalhadas por entre evolações de gás lacrimogêneo

Há medo em cada toque
é inevitável simples
& mesmo o sabiá que a cada dia
enfrenta entre bicadas
o vidro sujo da janela
da nossa casa
enquanto espalha penas
& caga no beiral
pressente que no espelho falso
— esse espetáculo de luz —
que bica mais & mais
dias a fio até
que pouco a pouco se desfaz
talvez sem prole sem mistério
cansado boca adentro
dos gatos ou cachorros que o espreitam
ele sabe a dureza do encontro
ele bica & pressente no toque
a frieza da morte
mas cada dia volta
& bica & morre & volta
até que um dia morre
como nós dois tocados
na escuridão do quarto
o leite que te escorre
o negro leite nesta noite
que não te faz mastite

& então me empapa
o peito as costas o lençol
enquanto no outro quarto
a nossa filha dorme
o desmame dos séculos

DUAS BAGATELAS

1.

Plana a palma da mão nas minhas costas

assim a entranhada
desistência no músculo
ou talvez na medula
esmigalhada pela fila dos dias

por curiosidade sai para espiar
a cena & sobe ao poro
num riso expresso
em gosto de arrepio

2.

A boca de feijão por entre os dentes
& sempre quase louca de sorriso & sempre
como se num batom marrom & mal passado
como se fora boca novata de criança
mas esse gosto encravado na boca
ecoa atrás do rosto estilingue esticado & preciso
calado até que lança um risco convulsivo
& o corpo todo em transe todo riso se entrega
me entrega teus sabores

RETRATO DELA AOS QUASE 30

|| nem difere do outro retrato | nunca
escrito | o *brilho dourado da infância* |
nossa expressão irônica | ora trunca
o olhar & turva | então retorna em ânsia
pelos entornos | fora uma criança
corre&grita&pula | nesta espelunca
que soubemos moldar em casa | & nunca
para | por dentro outra criança | *vai
que dá* | que chuta&gira&espeta | & logo
devolve o velho *brilho* | em *&* ou *ou*
de quem hesita por saber se sai |
sorrio&interrompo aquele jogo |
vai que dá | & a pequena | *dá que eu vou* |

| nosso país insiste | & mais chafurda |
aonde? | alguém pergunta | gente lerda
que quer mais de meia palavra | & herda
a coisa toda | enquanto a tropa curda |
que tipo de soneto é esse? | a corda
enlaça no pescoço | estamos longe
disso | a casa é uma ilha | não tão longe
quanto se imagina | e a mesma corda
nos une a tudo | a gente tenta&inventa
as possibilidades da alegria |
enquanto a massa se extermina | a copa
se faz em gás lacrimogêneo | & assenta
a dor no olhar alheio | essa alegria
ilhada em dor | que tece nossa estopa |

| a casa está no mato | como tudo
é mato adentro&mais adentro como
tudo | que se desmata sem consolo
até que o último índio quede mudo
perante as invasões | que tomam dentro
aquilo que queríamos de fora |
agora mora a hora chora a dor a |
todas seriam rima cem por cento |
(*drummond*) | nada diriam da situação |
alguém disse o *fracasso da política
nacional* | nós procuramos o quê
nesse contexto? | talvez *a política
do fracasso?* | ninguém vai responder |
eu é que não sei | ela também não |

| faz tempo somos mais que dois | a história
não se repete | a gente é que repete
uma interpretação clichê da história |
que mais parece um velho torniquete
para estancar a perda que não houve |
o *seu retrato quase não difere* |
eu penso | *& a pele que inventei adere* |
eu penso sem pensar que nunca houve
alteração no enquadramento | aquele
poema nunca foi escrito | agora
nós ficamos menores no retrato |
tudo depende se é possível o trato |
ela sorri comigo dor afora |
& o retrato extrapola além da pele ||

Como na troca de cartas
que não chegam ao destino
algo no corpo escapa & volta
além dos selos quase asa
em pleno voo em pluma falsa
ou salamandra ardendo
sobre o manto branco
das geadas algo no corpo
salta & nega & assim sela
essa cavalgadura inominada
em beco estreito
ou como um dedo
prestidigitador do acaso
reaparece pela mata
em pisco de vaga-lumes
faísca sobre pedras
algo no corpo estala
a madeira dos galhos
se rompendo na noite
desprovida de ventos
vida explode em tudo
que é sagrado algo resvala
e vela seu vazio anunciado
algo no corpo espera

DEVOTIO

1.

Talvez perder-se pelo amor
do alheio ou do divino
para arrolar-se em cavalgada
sabendo-se por certo
                    sem retorno

2.

Ou públio décio mus
        ritualmente
velado pela toga pretexta
gritando aos deuses
todos do seu povo
ó deuses de poder
sobre nós & nossos inimigos
deuses dos mortos
que eu imploro & venero
a vênia peço
para levar vitória ao povo
& aos inimigos lançar
o terror o medo a morte
assim aos deuses
dos mortos & à terra
assim eu me devoto

3.

Talvez silenciado
entre lanças inimigas
tombado do cavalo
antes de terminar
seu ritual elocutório
como caído dos céus
para expiar a fúria
    divina
espalhando a peste do seu povo
por sobre o inimigo

4.

Ou perpétua no fórum
entrevistada numa notável
audiência pousada sobre
a plataforma acompanhada
de pai & filho
arrastada
pelos degraus
perante hilariano
perfome o sacríficio
tenha piedade do teu filho
& me disse o procurador
tem compaixão pelos
cachos grisalhos
do teu pai
pelo teu filho
performe o sacrifício pelo
bem do imperador
eu disse não
você tem fé?

eu tenho fé
& quando meu pai tentou
me dissuadir o meu
procurador mandou
que o jogassem no chão
que vergastassem suas costas
de velho com um bastão
eu chorei
como se eu mesma fosse
a vergastada
& proclamou-se a sentença
por nós todos
os condenados às feras
e alegres
retornamos à prisão

5.

Ou talvez perder-se pelo talvez perder-se pelo
      & talvez perder-se pelo amor

RELÂMPAGOS DE CÉU NENHUM

τὰ δὲ σημαίνοντα καὶ σημαινόνμενα τῶν πραγμάτων ἐστὶν ἄπειρα.
Os signos e significados das coisas são infinitos.

(Sexto Empírico)

Language is a perpetual Orphic song,
which rules with Daedal harmony a throng
of thoughts and forms, which else senseless and shapeless were.

(Percy Bysshe Shelley)

Mas como nós falássemos a mesma coisa
as mesmas coisas mesma língua & dialeto
parecia possível retratar as margens

de cada termo contratar o nosso acerto
nas mãos do mundo & apertarmo-nos as mãos
toques & dedos & a carícia calcinada

dos dias numa nova ordenação do cosmo
então num gesto fácil nomear o mundo
flores de toda a espécie com seus gostos cores

seus caules folhas frutos formas invisíveis
ou que nunca aprendemos por nunca querermos
por só preguiça de androceu & gineceu

seus novos nomes poderiam ser mais nossos
ao inventarmos juntos palavra a palavra
toda a sintaxe enquanto descemos a senda

encravada de asfalto nos veios da serra
neste carro qualquer os pés esvanecidos
por baixo do painel as mãos ainda pensas

ainda que sentados o olho sobre o vidro
anuncia a tormenta cinza sobre a mata
compostos de amarelo & púrpura & carmim

preenchem o que resta no pouco de céu
que ainda se desnubla neste fim de dia
enquanto desbotoamo-nos nalgum sorriso

você dizia flor & flor eu respondi
pacovás manacás caraguatás hortênsias
pé-de-maracujá de-pêssego de-ameixa

tudo conforme a si nestas palavras todas
& no vazio dos saberes concebíamos
o pé-de-pau o pé-de-planta o mato-bravo

por cima muito mais por cima do capim
importado pra humanizar o chão da terra
pra transformar o lá no cá & reunir

o diverso em qualquer espaço & então perder
cada diversidade que há por sobre o chão
até que se reverta tudo no carvão

incendiante que nos consumirá inteiros
& apodrecidos voltaremos às palavras
disseminadas pelo vento da borrasca

você dizia onça & onça eu respondi
embora não houvesse um animal sequer
à nossa vista regulada pelo parco

enquadramento dado pelo para-brisa
se estavam embrenhados pelo breu das brenhas
ainda rumavam sobre o nosso olhar da mente

num contraste concreto ao verde fulminante
que a mata oferecia a todos sem recusas
& sem qualquer acolhimento em seus insetos

que vez por outra se espalhavam esmagados
nos ferros do automóvel transformado esquife
de tantos seres fulgurados na linguagem

& apagados da correnteza da existência
igual aos vaga-lumes que na densa noite
se apagam a perder de vista & ninguém sabe

se voltarão um dia à formação do fogo
nas entranhas ou se findaram como tudo
teima em findar teima em findar teima em findar

como o clichê de agora recordar a infância
por certo deslembrada pela mó do tempo
para encontrar perdida alguma brincadeira

"é pra falar *paca-tatu cotia não*"
"paca-tatu cotia não" "preste atenção
paca tatu cotia não" "paca-tatu

cotia não?" "*paca-tatu COTIA NÃO*"
"mas que piada é essa?" "bom deixa pra lá
você devia só falar *paca-tatu*"

você dizia pedra & pedra eu respondi
enquanto olhávamos pasmados as montanhas
imaginando a massa mineral por baixo

do som compacto que ecoava nos motores
de cada carro & completava seus silêncios
deliberados com a forma sem compreensão

desta pedra-sabão da bauxita ao granito
& da criação de novas pedras preciosas
em nossa mente dupla ampliando o catálogo

das ametistas turmalinas esmeraldas
para fundar em meio às cores outras cores
na cristalografia muda das viagens

você dizia índio & índio eu respondi
& hesitamos perante as peles dos curtumes
da nossa história categórica infinita

& refinada pelo olhar microcromático
mais necessário para revirar a história
do que a ambiopia precavida da política

você dizia tempo espaço forma fundo
& tempo espaço forma fundo eu respondi
sabendo que imperava misturá-los todos

para cartografar as temporalidades
inverter previsões fundir as perspectivas
sob a cama do corpo sob o sal do corpo

você dizia sol você dizia som
& cada vaga se criava na explosão
dos concebíveis sol & som que eu respondi

você dizia sempre & sempre eu respondi
cada um revelava um amuleto-caixa
com seus besouros dentro & acreditamos sempre

saber o que haveria dentro como dentro
dos corpos encerrados sob a própria pele
tudo seguia num desvio como as curvas

da serra seguia certo & incomunicável
como um diálogo qualquer & como o nosso
mas diga você viu?   a baía lá embaixo?

aquelas construções   não há cimento algum
parecem reverter   só a devastação
a paisagem do rio   continua crescendo

em outra geografia   para além da cidade
humana & desumana   urbana & contraurbana
& ao mesmo tempo abala   & ao mesmo tempo exige

nossa dicotomia   a formação da fala
& tudo se dissolve   em decomposições
para firmar o nó   que nós anunciaremos

em pântifes branetas pentisáveis
qual trompe conlecida em danastério
cansite a flença ranga de maláveis

& assim maremos dalo com gamério
quirado & daporemos entre clague
que anfite a fopla gulda do samério

xaremos prolas nântias junto à nague
condistupêndias lêmpiras do crosto
té pencararmos tastos essa antrague

para enxugarmos o que desce em nosso rosto
enquanto a chuva assola asfalto carro mata
bichos & pedras plantas vidros pensamentos

& o musgo frágil da palavra iniciada
sem coisa em mente que lhe force a uma meta
estanca úmido peguento em nossas bocas

somos silêncio & o fim da serra como o fim
da chuva já se vê embora essas palavras
perdurem num sentido vago & verdadeiro

nunca nos encontramos claro & bem sabíamos
que em todos os lugares como neste carro
as mãos se encontram sempre de um modo insondável

por asperezas do que toca & é tocado
de quem de nós pressente o espaço do sentido
diferente de pé submerso & língua alheia

após as curvas palmilhadas do declive
sem respostas que forjem uma ponte firme
para falarmos mesma coisa língua pacto

& tudo desce feito rio lamacento
transbordando enxurrada revirando terra
para as voragens do relâmpago na noite

& tudo esbarra nas barrancas desse rio
para açular açudes todos contra tudo
que em torno vive & é mais sagrado que as palavras

& tudo se difere em turbilhões que acabam
por se acabar no mar que cobre esta baía
& tudo nos convida & a tudo nós cedemos

apostando de novo na invenção do mar

ÍNDICE DOS POEMAS

PETROGRAFIA ESPARSA

"E ele deixou quem berrava" 13

Nomes de pedra 15

"Alambicado do suor dos dias" 17

"Serão aquelas as crianças"................................ 18

"Talvez como um salário da loucura" 20

"Pra que lado isso poderia não ser uma" 21

Solo.. 22

HISTÓRIA DOS ANIMAIS

Mimesis via Hegel..................................... 31

"O coice do cavalo era brutal infindo"..................... 32

"Um alce vermelho cavalgado pela criança" 33

"Nem faz calor"... 34

"Outra panela com patas" 35

Um elefante chora 36

Tríptico do âmbar 38

"Entrevista nas frestas da mata" 40

"O nylon enlaçado à pele"................................ 41

"Um lago estanque aberta a boca"........................ 42

La scomparsa delle lucciole 43

Sator/Rotas

Sator 44

Rotas.. 45

Quatro cantatas fúnebres

Balada para Roque Dalton 49
Email numa garrafa 51
Mantra por Dinalva Oliveira 53
Invocação para Arvo Pärt 57

Lo ferm voler

Amore lymphato 61
"Com o orvalho do amor nos olhos" 62
Desiderium 63
News that stay news 64
The multitudinous seas incarnadine 65
"Há medo em cada toque" 66
Duas bagatelas 68
Retrato dela aos quase 30 69
"Como na troca de cartas" 71
Devotio 72
Relâmpagos de céu nenhum 75

SOBRE O AUTOR

Guilherme Gontijo Flores nasceu em Brasília, em 1984. É poeta, tradutor e professor na Universidade Federal do Paraná. Publicou os livros de poemas *brasa enganosa* (2013), *Tróiades* (2014, www.troiades.com.br), *l'azur Blasé* (2016) e *Naharia* (2017), que formam a tetralogia de *Todos os nomes que talvez tivéssemos*. Como tradutor, publicou, entre outros, *A anatomia da melancolia*, de Robert Burton (4 vols., 2011-2013), *Elegias de Sexto Propércio* (2014) e *Safo: fragmentos completos* (2017). Foi um dos organizadores da antologia *Por que calar nossos amores? Poesia homoerótica latina* (2017) e publicou o ensaio *Algo infiel: corpo performance tradução* (2017) com Rodrigo Gonçalves. É coeditor do blog e revista *escamandro: poesia tradução crítica* (www.escamandro.wordpress.com). Nos últimos anos tem trabalhado com tradução e performance de poesia antiga, integrando o grupo Pecora Loca.

carvão : : capim foi primeiramente publicado em 2017 em Portugal pela Editora Artefacto.

Este livro foi composto em Sabon,
pela Bracher & Malta, com CTP e
impressão da Bartira Gráfica e Editora em papel Pólen Bold 90 g/m² da
Cia. Suzano de Papel e Celulose para
a Editora 34, em junho de 2018.